Patrick Modiano

Nos débuts dans la vie

我们人生开始时

〔法〕帕特里克·莫迪亚诺 著　吴雅凌 译

著作权合同登记号　图字 01-2018-4287

Patrick Moniano
Nos débuts dans la vie
© Editions Gallimard，Paris，2017
Except from Armand Salacrou，《L'Inconnue d'Arras》
© Editions Gallimard，1942 and 1973.

图书在版编目(CIP)数据

我们人生开始时/(法)帕特里克·莫迪亚诺著；吴雅凌译.—北京：人民文学出版社，2018
（莫迪亚诺作品系列）
ISBN 978-7-02-014553-9

Ⅰ.①我… Ⅱ.①帕… ②吴… Ⅲ.①剧本-法国-现代 Ⅳ.①I565.35

中国版本图书馆 CIP 数据核字(2018)第 189792 号

责任编辑　卜艳冰　何炜宏
装帧设计　汪佳诗

出版发行　人民文学出版社
社　　址　北京市朝内大街 166 号
邮　　编　100705
网　　址　www.rw-cn.com

印　　刷　上海利丰雅高印刷有限公司
经　　销　全国新华书店等

字　　数　55 千字
开　　本　889×1194 毫米　1/32
印　　张　4
插　　页　5
版　　次　2018 年 10 月北京第 1 版
印　　次　2018 年 10 月第 1 次印刷

书　　号　978-7-02-014553-9
定　　价　39.00 元

如有印装质量问题，请与本社图书销售中心调换。电话：010-65233595

剧中人物

多米尼克（二十岁）

让（二十岁）

埃勒维尔（五十来岁，让的母亲）

卡沃（五十来岁）

罗贝尔·勒·塔皮亚（七十五岁，剧院总务）

（半明半暗中，让的背影一动不动。）

让

我不想去算已经过去多少年……对我来说一切还栩栩如生……不像是从前……只是，每次回想往事，我总感到突如其来的虚空……再也不能和人说起那些事……何况也只有你，我只想和你说起那些事……我生怕忘记一些细节……绕过剧院总务常在的那个小房间……

（他提高声音，像在对什么人说话：）

剧院总务名叫鲍勃·勒·塔皮亚，对吧？（停顿片刻）你没法回答我……剧院总务穿一身灯芯绒西装……绕过那个小房间，上楼梯到化妆室……你的化妆室在走廊的右边……但我忘记是第一间还是第二间……第一间还是第二间？只有你能告诉我……

（灯光渐渐亮起。舞台的一角是剧院化妆室。一个年轻人坐在靠墙的矮沙发上。另一边是镜子和化妆台，有个喇叭传来排演现场的声响。正在排练契诃夫的《海鸥》。传来多米尼克扮演妮娜的声音。）

妮娜

我父亲和继母不放我来……他们说这儿的生活放荡不羁……他们生怕我想做女演员。

特列普列夫

只有我们两个人。

妮娜

那边好像有人……

特列普列夫

没有人。

导演萨维尔伯格的声音

演到这里的时候，你们接吻。

妮娜

这是什么树?

特列普列夫

榆树。

妮娜

为什么天这么黑?

导演萨维尔伯格的声音

错了。应该是"为什么树这么黑"。

特列普列夫

天晚了,什么东西都变黑了。别这么早走,我求求您。

妮娜

那不行。

特列普列夫

那要是我去您家呢,妮娜?我会在花园里站一夜,望着您的窗。

妮娜

那不行,看门人会看见。珍珍跟您不熟……

特列普列夫

我爱您。

导演萨维尔伯格的声音

多米尼克,你漏掉半句:"……珍珍跟您不熟,会叫个不停。"

行……这一遍挺好,孩子们……暂停休息……

(片刻之后,多米尼克走进化妆室。她跌坐在化妆台前的椅子上,一副疲惫不堪的样子。)

多米尼克

我永远也演不好……

让

不会的……你会演好的……

多米尼克

我感觉得到萨维尔伯格对我不满意……

让

你错了……我听了排练……他只是个很仔细的人……他想让演员有最好的表现……

（她转身看让。）

多米尼克

你这么想吗？真的？

让

你得这么想，情愿听萨维尔伯格的指示也不要听卡沃的……

（沙发上有个书包，就放在他身旁。书包拴着一根链子，链子另一头有个形如手铐的套子。他指给多米尼克看。）

看见了吗？……我把稿子全收在里头……我到哪儿都带着这个书包，还把我自己和它铐一起……我真怕卡沃趁我不在发现这些稿子……就像上星期那样……他会全撕掉的……

多米尼克

他干吗对你这么严厉?

让

我也经常纳闷着。

多米尼克

你和你母亲谈过吗?

让

她永远认为他有道理。他们在一起十年了……(若有所思)古怪的一对儿……

多米尼克

刚才,就在排练前,我在街上碰见你母亲……她狠狠看了我一眼……她手里拿着一把伞……我生怕她朝我脸上打过来……

让

我们恐怕经常会碰见她……真不走运,全巴黎有五十多家剧院，偏偏她在你隔壁演出……两家剧院挨得那么近却那么不同……证据就是，你演契诃夫的《海鸥》，她演《周末愉快冈萨雷斯》……她为这个怨恨你……

多米尼克

这不公平……

让

不过，剧院就是剧院……上演的戏目可以花样百出，但后台是老样子，化妆室是老样子，发旧的红天鹅绒布景是老样子，上台前的紧张也是老样子……我听说有条秘道连着这家剧院和隔壁那家……但愿我母亲不知道……不然的话，她恐怕会在哪天晚上闯进你的化妆室拿雨伞打你……

多米尼克

卡沃也会过来教训你……

让

我早有防备……

（他拉过书包，把那个形如手铐的套子套在手腕上。

套子闭合发出金属响声。他伸直手臂,书包吊在他的手腕上。)

我等着卡沃,绝不会退缩……上次他套问我,他想知道我一共写了多少页……他耸着肩……他吸烟嘴的时候脸颊比平时陷了一块。他对我说,不用看就知道这稿子写得很糟,因为你这个年纪还不懂行……写作是一门行当,和古典舞一样。

多米尼克

可怜的让……你竟得听这种话?

(她站起来,坐到沙发上让的身旁。她抓起吊在空中的书包,放到让的膝上。)

刚才排练的时候我想到一件事……《海鸥》里的人物和我们有相同的地方……剧中的母亲是女演员,儿子想成为作家……就像你母亲和你……卡沃是你母亲的情人,他和剧中女演员的情人特利果陵一样是作家。

让

卡沃不是作家……顶多算记者……

多米尼克

我演的妮娜是女演员……和我一样……

让

我明白你的意思……那么,这会是某个乏味可悲的《海鸥》版本。

多米尼克

怎么"乏味可悲"呢?

让

我不是说你。我刚才听你排练:你演妮娜很好……这跟声音语调有关……你的声音适合这个角色……但我母亲,她与契诃夫剧中的女演员截然相反……卡沃也完全不像作家特利果陵……

多米尼克

那我们俩呢?我们就像《海鸥》中的人物,不是吗?

让

你是像的……至于我嘛……瞧这旧书包,瞧这手铐……我走在街上时,人家都奇怪地看我……再说我不想自杀,我不像《海鸥》里的年轻人。我对未来有信心。

多米尼克

我也有信心。

让

总有一天,我不会再铐着手铐保护我的稿子,你也不会再因为演契诃夫而挨我母亲拿雨伞追打……

多米尼克

不用担心我。这样的我看得多了……我是乡下来的姑娘……

让

生活里想必常有这样的事……你一开窗,臭虫就趁机溜进屋……大黄蜂啊蟑螂啊带凶兆的鸟啊……全围着你转……你得双手交叉一动不动。尤其不能做什么手势引起注意……它们最终会走开的……

多米尼克

我不怕黄蜂也不怕蟑螂。我说过了,我是乡下来的姑娘……

让

我还是想提醒你……卡沃恐怕会来化妆室找你……跟你说起我的事……要求你以后不要见我……他认为你对我有很坏的影响,总之女人是祸害……我不明白他干吗一意孤行干涉我的生活……他有什么资格?如果他是我父亲……

多米尼克

可不是……他本来就不是你父亲……

让

无论如何小心点:他有可能会咄咄逼人……

多米尼克

我谁也不怕……

让

你还记得我们那天在奥德翁的十字路口碰见他吗?当时他刚从健身房出来。他几乎不和我们说话。

多米尼克

他目光躲闪不敢看我,像是生怕我传染给他什么花柳病似的。他留给我很怪的印象。像还俗的神父……或入殓师……他干吗去健身房?

让

我不知道……圣日耳曼大道上有一家大健身房……他也想拉我去。我礼貌地拒绝参加他们的游戏,这让他很失望……他们做些肌肉锻炼、鞍马杠杆牵引之类的练习……你真该看看那些人不知出于何种目的在几小时里瞎折腾……简直让人头晕,他们那些人……

多米尼克

你母亲呢?她有什么想法?

让

毫无想法。她和卡沃,他们的关系很特别……根据我的了解，他们那样过日子挺像一对兄妹。

多米尼克（不理解地）

像兄妹？

让

有一次我看见他们并肩走在街上……他们步伐一致，体态一般僵硬。活像同一军团的战友。或者同一支登山队的队友。

多米尼克

你有一个古怪的家……

让

你觉得这能叫家吗？

多米尼克

我嘛，三年前我到巴黎，我在蒙帕纳斯车站下火车，从那时起我就和家里断绝关系了……（停顿片刻）我想请你帮个忙……你能陪我练习最后一场戏吗？明天下午我得在萨维尔伯格面前排练……

（她拿过化妆台上的小册子，重新坐到沙发上让的身旁。她翻剧本找那场戏。他们挨在一起,让的书包始终和他的手腕铐在一起。)

妮娜和作家特利果陵的最后那场戏。

(多米尼克继续翻找摊在他们膝上的剧本。)

让
找到那场戏了吗,妮娜?

多米尼克
找到了,康斯坦丁·加甫利洛维奇·特列普列夫。
(她伸出食指向他指出那一段。)
(他低头读剧本。)

让(扮演特利果陵)
他们在叫我……我想是要收拾行李了。我一点也不想走。好一片乐土,我们在这儿真好!

多米尼克(没看剧本)
您看见湖对岸的房子和花园吗?

让(读剧本)
看见了。

多米尼克

那是我去世的母亲的庄园。我就是在那里出生的。我的全部生活都在那片湖边度过,我熟悉湖心的每座小岛。

让(读剧本)

您这儿真好!这是什么?

多米尼克

一只海鸥。是康斯坦丁·加甫利洛维奇打死的。

让(读剧本)

很美的鸟。说真的,我不想走。您能去劝劝伊丽娜·尼古拉耶夫娜留下来吗?

(他做样子在小本子记着什么。)

多米尼克

您在写什么?

让(读剧本)

没什么。记几句话……想到一个故事题材……适合写个短篇小说：有个像您一样的年轻姑娘从小住在湖边，她像爱海鸥那样爱那面湖，也像海鸥那样幸福自由。可是偶然来了一个男人看见她，闲着没事就把她毁了，仿佛她是一只海鸥似的……

（随着对话展开，灯光变暗，到后来观众只能在黑暗中听见他们的声音。

（灯光重又渐渐亮起。让独自一人在化妆室。他坐在化妆台前改稿子。书包半开着，丢在他脚边。他的手腕始终和书包铐在一起。化妆室的门慢慢打开。卡沃出场。他穿一身暗色衣服，戴一顶六十年代流行的黑色鸭舌皮帽。）

卡沃

怎么，白天你就在这里过吗？

让

是的。
（他不理卡沃继续改稿子。）

卡沃

你在这里写东西？

让

是的。

卡沃

你铐着手铐?

让

手铐和我的书包拴在一起。我把稿子全收在书包里。这样既丢不了也不会被人撕掉。

卡沃

古怪的念头……

让(声音平静地)

您说过最好撕掉这些稿子……

卡沃

你怎么用"您"称呼我?

让

我有时做不到用"你"称呼别人……

卡沃

事实上,我认为撕掉稿子对你来说不是什么大损失……我偶然读过一遍……有天下午,你忘在你母亲家了……不幸的是结果和我预想的一模一样。

让

我为您感到遗憾。

卡沃

我发现你根本没听我的劝……我反复告诉你这样的写作计划不能轻率了事……文学必须辛苦耕耘……你想知道我的想法吗?你要是普鲁斯特的话,人家早知道了……

让(友好地)

当然。

卡沃

赶紧拿掉这副可笑的手铐……好像你的稿子有什么价值非得放进银行保险箱严加保管似的……

让（语气平淡地）

您放心……过不了多久我就用不着这个磨破我手腕的手铐了。我将双手不受束缚地写作。

卡沃

真放肆……（停顿片刻。语气既严厉又过分殷勤地）你不知道你让你母亲多难过吗？一周来她不停在说，你一次也没去化妆室看她……你把母亲忘得一干二净吗？你宁可和一个没前途的小女戏子混日子糟蹋身体……

（他说话时，让看着他，咧嘴笑了。）

让

糟蹋身体？您是指得了什么病吗？"小女戏子"究竟是什么意思？

（他站起身，走向那个喇叭，按了按钮。剧场排演的声响传了过来。）

一个演契诃夫的没前途的小女戏子……

（多米尼克的清澈嗓音在化妆室里响起，仿佛她也在场似的。）

妮娜

您看见湖对岸的房子和花园吗?

特利果陵

看见了。

妮娜

那是我去世的母亲的庄园。我就是在那里出生的。我的全部生活都在那片湖边度过,我熟悉湖心的每座小岛。

特利果陵

您这儿真好!这是什么?

妮娜

一只海鸥。是康斯坦丁·加甫利洛维奇打死的。

特利果陵

很美的鸟。说真的,我不想走。您能去劝劝伊丽娜·尼古拉耶夫娜留下来吗?

(让调低喇叭的音量。排演的声响变成背景音。卡沃没有动弹。)

卡沃

你们两个是在自作聪明……未来的大作家和未来的女明星……

让

这个姑娘十分敏锐……她有个想法您会感兴趣的……她告诉我,她发现契诃夫这出戏中的人物和我们相像……但我立刻指出她错了……我告诉她,您不像特利果陵,您不是真正的作家……我母亲不像伊丽娜·尼古拉耶夫娜,她和剧中年轻人的母亲、伟大的女演员毫不相干……我也不像那个年轻人,我完全没想自杀。

卡沃

你不把我当作家看吗?你看不起你母亲吗?

让(很平静地)

我得把这段对话记下来。也许我有一天会写一出戏,您和我母亲,你们会如过去的幽灵一般在戏中现身……

卡沃

幽灵？

让

您肯让我记下您说的话吗？我往后用得上。

卡沃

这么说你还妄想当剧作家？可是，可怜的朋友，你实在太懒散了……我亲眼目睹让-保罗·萨特当初写剧本是怎么用功的……他先是把十九世纪戏剧作家运用过的全部技法透彻研究过一遍，就像钟表学徒工那样。他阅读了欧仁·斯克里布的戏剧全集，手里拿铅笔，每一页做笔记。

让（迷茫地）

手里拿铅笔？

卡沃

是的，手里拿铅笔。

让（带着佯装的天真）

那您呢？您也总这么用功吗？手里拿铅笔？

卡沃

真悲哀，你这么点大的男孩眼看就把人生毁了……外人想拉你一把，但是谁也不能帮你克服懦弱和放纵……再加上和那个姑娘搞在一起，情况更严重……

让

那个"小女戏子"吗？您真是这么想的吗？

卡沃

你不能再自由放任下去了。你有责任解决物质方面的困难……你要是有勇气的话，早就可以找份工作，让你母亲过上舒服日子，那是她应得的……

让

是的，我应该听您劝的……认您做导师……这在我们的时代越来越稀罕……有那么多糟糕的牧羊人……

卡沃

我说过了，别再耍小聪明……我很期望哪天能够器重你……你似乎没明白，有些东西在生活中必不可少……

我们需要崇拜某些人……需要有人做榜样……通过接触这些人提升自己……我经常想到一本书的书名……很美的书名：《领航人生》……我希望你不要耗在一个剧院化妆室里浪费青春糟蹋身体，成天和那个姑娘混日子，她对你有极坏的影响，拖累你，让你跟着下贱起来……记住……（突然郑重其事地）领航人生。

让（若有所思）

领航人生……

卡沃

你瞧，我一直崇拜舞蹈家和斗牛士……我替其中几位写过文章……特别是路易斯·米格尔·多明圭和曼纽尔·贝尼特斯……还有外号叫"里特利"的年轻斗牛士……当然还有鲁道夫·纽瑞耶夫……我和他们接触时有种感觉，怎么说呢，我深感振奋……我崇拜他们的用功他们的勇气他们的美感……但愿你能看到纽瑞耶夫早上连续几小时扶把练舞的样子……还有里特利走进斗牛场的盛况，他当时还是少年，像大天使一样……我多么希望你能像他们……

让

可是，和这些明星相比，我一无所是……我渺小如微尘……

卡沃

你肯听我劝就好了……我年近五十……千万不要以为我盲目自信……我很清楚我比不上契诃夫剧中的大作家特利果陵，就像你刚才费心提醒我的……不过我是个合格的专家……我能修改在你稿子里发现的不当之处……比如说，我可以教你用比喻，你似乎不会用……平庸的运动员有可能成为优秀的教练员……我可以充当你身旁的教练员……

让

您真好心……我看到了，您已经在我稿子开头做了几处修改……

卡沃

是的，我做了几处修改……完全是职业条件反射……我是个专家……

让（翻看他的稿子）

我认为您加了太多形容词……

卡沃

那是因为你的文风太平……平淡乏味……

让（悲哀地）

我本来很简单地写："一声雷"，您划掉改成："远处传来低沉轰鸣的雷声"。

卡沃

要让你的句子像唱歌那样动听，傻瓜……

让

还有这里，我本来写："他话语简短"，您加了一句："正如美食家鲜少放屁"。

卡沃

这叫比喻。你信不过我吗？我提个议：你把写坏了的稿子彻底忘了，我来口授你应该写的东西……这将是美好的经历……有点儿像福楼拜专门有个地方大声试读刚写好的稿子……

让（礼貌地）

可是我不要别人口授我应该写的东西。

卡沃

这将促使我们建立起深厚的情谊……就像西哈诺·德·贝杰拉克和克里斯坦，正是西哈诺向克里斯坦示范如何向心上人表白爱情……

让

我不要别人向我示范什么。

卡沃

真傲慢！当年我活跃在让-保罗·萨特身边时也曾修改过他的稿子，有几段甚至重写过。我还给他的一出戏做过删节……

让

手里拿铅笔吗？

卡沃

你真的这么决定了吗?

(让不说话。)

没必要再跟你耗下去……你这是站在未来作品的高度审视我吗?行啊,随便你和那个小女戏子混在一处自甘平庸吧……在你这个年纪,我比你有抱负……我梦想成为诗人……小说在我看来是太粗俗的体裁……

(他往前走到舞台前沿,像在对观众说话:)

我一开始写了本诗集,标题叫《回旋曲》……(压低声音)我有别人说的断句的天分……有时候得让诗行留个悬念,得用延长号……要不要我举个例子?那诗集的结尾是这样的:

(一开始他很自信地朗诵,但越来越没信心,念到最后几行诗被绊住了。)

没有哪个六月更辉煌

这夏至的六月

伟大的人物打败仗

而你在灌木丛中奔跑并且

你擦破膝盖

纯洁暴躁的男孩

远离村人和堕落的小女孩

蓝天不曾这么蓝过……

（停顿片刻。他站得很直，仿佛在期盼掌声。但无人喝彩，他看上去很失望。

（让消失在舞台深处。

（片刻之后，卡沃如梦游者一般，慢慢后退着离场。

（一片漆黑。灯光重又亮起。

（多米尼克的化妆室。让躺在沙发上。固定在沙发上方的喇叭传来隔壁剧院排演《周末愉快冈萨雷斯》的声响。）

一个声音（大声地）

啊呀，冈萨雷斯！

另一个声音

回答我们吧，冈萨雷斯！

另一个声音

我们知道你藏在上面……

另一个声音

你把我们当傻瓜吗？冈萨雷斯！

另一个声音

我们会找到你的，冈萨雷斯！

（所有声音合在一起说：）

周末愉快，冈萨雷斯！周末愉快，冈萨雷斯！乌拉，乌拉，冈萨雷斯万岁！

（让站起来，关掉喇叭。多米尼克走进化妆室。）

让

剧院总务费心装了这个设备，这样就能听到《周末愉快冈萨雷斯》的排演。我们可以掌握我母亲的上台时间，避免在街上碰见她。

多米尼克

反正那天之后，我挺运气没再碰见她。

让

我肯定她会突然跑过来……她的化妆室说不定

就在这堵墙后……剧院总务向我证实过了,两个剧院之间确有通道……不是真正的通道……是一道相通的门……

多米尼克

别再想这件事了,让。

让

我本不该告诉你的,卡沃昨天下午到你的化妆室来找我……

多米尼克

让……我也一样,刚才我还在想有没有必要告诉你……今天早上我见过卡沃……

让(惊讶地)

真怪!昨天当他像幽灵般后退着离场时,我还以为我们永远也不会再看见他。

多米尼克

我走出家门。他站在瓦朗斯街和戈白林大街的拐角……像是在盯梢……我本来也可以掉头走开的，只是凭什么呢？他向我走过来……他穿一件暗绿色军用雨衣……还有靴子……

让

靴子？

多米尼克

对。

让

黑色鸭舌皮帽呢？

多米尼克

那倒没有。他没戴帽子。"我来和您谈谈让。"他对我说。他的声音很殷勤，有时却又无比生硬。他对我说："我要求您别再见让。这是为他好。这个男孩子太脆弱……"

让

太脆弱？他是想惹我们掉泪……

多米尼克

他告诉我,你母亲很担心你……

让

她永远在担心我……她就是那种母亲,为了儿子暗地里牺牲自己,还不顾一切支持儿子……从十一岁到十八岁,我总共见过她两三回,每次不超过一小时……她很容易厌烦。

多米尼克

他对我说话,到后来愈发像在恐吓我。

让

我猜那和《海鸥》中与特利果陵的对话不一样……

多米尼克

不一样。但我有种奇怪的印象……就好像我在发烧,致使契诃夫的戏中人物在我眼里全变了样。

让

我明白……就好像你在动物园照哈哈镜。或者某个酒鬼喝了掺假的酒之后在复述一出戏……

多米尼克

他明白说了，你就算把稿子寄给出版社也没用……肯定会被拒稿……他会竭尽所能阻挠这本书的出版……

让

特利果陵永远不会说这样的话。

多米尼克

他从雨衣口袋掏出一个小本子。他翻开本子对我说："您住瓦朗斯街9号，对吧？他母亲和我，我们每天夜里会来敲门，检查他是不是和您在一起……再不然，我们会在您楼下盯梢，阻止他上楼……"

让

我们这几天最好不要回你家。

多米尼克

他们这么缠着你不放会很久吗？

让

卡沃自恃能对我施加某种影响……幼稚的想法……他是那种强硬的说教者，口口声声鼓吹勇气，却连坐电梯也害怕……

多米尼克

他看上去不是很爱女人……

让

他也不是很爱男人。我觉得他像处男。我母亲也像处女。

多米尼克

没有什么办法叫他们冷静下来，是吗？我是说你母亲和他。

让

他们是狼狈为奸……他们试图扮演高尚的父母已经有一段时间了……就像两个演员，戏班班主在走投无路下雇他们来扮演根本不适合的角色……

多米尼克

你肯定我没办法叫他们恢复理智吗？我是乡下来的姑娘，我会很冷静的……

让

不必费这个神。再耐心一点……他们会自动消失的……

多米尼克

你真觉得我们这几天不应该回我家吗？

让

这样更谨慎些……他们会闹出事，猛按你的门铃，或者在街上袭击你……他们就是要你扮演坏女人，我扮演好青年，他们则是让人尊敬的父母……到头来还得报警求助，和那两个疯子一起去警察局……我们要是留在你的化妆室过夜呢？

多米尼克

沙发不会太小吗？

让

剧院总务鲍勃·勒·塔皮亚带我看过一个房间,那是以前的导演让人布置的……有一张带帷帐的老式大床……到处是镜子……天花板也有镜子……

多米尼克

我们可以睡那里吗?

让

当然……我们可以向他说明情况,他会理解的……他对我讲了好多以前那个女演员也是女导演的趣事……她到八十岁还要求别人叫她"小姐"。有一次,鲍勃不凑巧和她说起在她戏中演出的某个新人。他用了"年轻姑娘"这个措辞……她非常恼火跺着脚说:"这里只有一个年轻姑娘,那就是我。"

多米尼克

不,我不想睡她的房间……我很迷信……我怕这个老女人会带给我坏运气……

让

你说得对。

多米尼克

我们可以待在这里,把门锁好,防止他们两个突然闯进来。

让

他们夜里不会过来的。他们会守在瓦朗斯街和戈白林大街的拐角。

多米尼克

你这么觉得吗?

让

他们会像两个稻草人那样站着不说话。

多米尼克

你吓到我了,让……

让

今天下午你得排练吗?

多米尼克

是的……最后那场戏……咱们的戏……

让

我不是康斯坦丁·加甫利洛维奇·特列普列夫,我不会自杀的。这两个稻草人破坏不了我的情绪。

(多米尼克从化妆台拿起剧本。他们挨着坐在沙发上。她开始翻看剧本。)

多米尼克

找到了……就是这儿……

(她指着其中一页。

(他们一起读剧本,灯光渐渐变暗直至完全熄灭。)

科斯佳,现在我才知道,才明白在我们的事业中——演戏也好写作也好,要紧的不是名望,不是荣光,不是我一度梦想的那些东西,而是学会承受……学会背负自己的十字架并且有信心。我现在就有信心,我不是那么难过了。一想到我的使命，我就不害怕生活了。

让（悲哀地）

您找到了您的路，您知道要往何处去，可是我仍在梦想和幻象的混沌世界里漂泊，不知道我为什么写作又有谁需要我写的东西。我没有信心，也不知道我的使命是什么。

（一片漆黑。

（灯光重新打在多米尼克和让的身上。他们站在舞台中央，舞台上空荡荡的，没有任何陈设。）

多米尼克

在这儿能畅快地呼吸。

（她深呼吸。

（她转身看让。）

几点了？

让

凌晨两点。

多米尼克

在化妆室过夜是个好主意……我们可以住到彩排的时

候……甚至住更久……剧院总务鲍勃肯定会同意的……

让

他也许会雇我当值夜人?

多米尼克

这个时候空气在这里是轻盈的……你在小时候有过感觉快要窒息的经验吗?

让

一定有。但我不记得了。

多米尼克

我从童年时起就常这样……后来我梦想去海边去山上,我盼着在那些地方能畅快地呼吸……直到我第一次站上剧场舞台那天……虽然怯场,我从没有像那样呼吸过……从此不再感觉窒息……何必跑到山上海边寻找好空气呢?好空气就在这里……

(停顿片刻。)

让

多么安静呵……

多米尼克

剧院总务鲍勃告诉我，夜里在剧院总有怪事发生……一旦习惯了寂静和一排排没人坐的椅子，你就会听到各种声音，这些声音从远处传来，很难立即分辨出来……得过上好几天好几个月才能真的听见……这是名副其实的练习……有点像瑜伽。

让

你呢，你能听见这些声音吗？

多米尼克

还不能。不过，鲍勃说萨维尔伯格能听见。

让

你和萨维尔伯格谈过这事吗？

多米尼克

我不敢。鲍勃告诉我最好不要和他谈这些事。这跟他的工作方法有关……他情愿保守秘密不说出来。

让

什么秘密？

多米尼克

萨维尔伯格每次导演一出新戏，似乎总要搞清楚在他之前别人是怎么工作的，演员又是怎么表演的。这样他才有完全自由的空间。

让

是鲍勃告诉你的吗？

多米尼克

他当时正在剧院门口清洗海报栏……他撕下一张旧海报，底下还有一张，再撕底下还有……他刮了半天才清理干净最底下那张海报的残余。那都是二十五年前的戏了，戏名叫《巴拿马小姐》……他告诉我这是萨维尔伯格的方法……试图了解从前的演员是怎么表演的……这家剧院似乎很久以前也上演过契诃夫的《海鸥》……

（他们不说话，像是想努力听见那些声音。）

让

现在我明白了……所有这些墙啊舞台啊包厢座位啊全浸染在各种声音里,这家剧院自开张以来演出过的各种声音……这就像一个回音盒。只需按一按也许藏在后台某个凹槽的按钮,我们就能听到五十年来上演过的所有声音和所有戏目……

多米尼克

最好问问鲍勃。

(他们紧挨着坐在地上。)

让

你真以为剧场在凌晨两点是空荡荡的吗?我嘛,我肯定在这个时候从前的观众会回来看从前上演的戏……有点儿像永恒轮回……只不过我们看不见他们……我们付出的注意力还不够集中……

多米尼克

最好问问鲍勃……

(灯光渐渐变暗。)

你觉得我们还有必要回化妆室吗?

让

没必要……我们可以睡在这儿……

(他们躺在地上,灯光渐渐变暗直到完全熄灭。

(灯光重又亮起,打在卡沃和埃勒维尔身上。他们并肩站在舞台边缘。他们身后的舞台一片漆黑。)

卡沃

现在你必须扮演母亲的角色。一个男人在生活中最重要的女人是他的母亲。让-保罗·萨特直到六十岁还和母亲一起生活。

埃勒维尔

这么说,那个姑娘住这里?

卡沃

是的。就在那栋红砖大楼旁边。一看见他们走过来,我们得赶紧拦下。

埃勒维尔

那个姑娘,我要挖出她的眼珠子。看她还能不能演契诃夫……

卡沃

重点是我们两个要有足够的力气把你儿子带走……我们要一人抓一只胳膊把他拖上车……我要竭尽所能挽救这个男孩……

埃勒维尔

我会对付那个姑娘……她别以为能演契诃夫就胆敢对我儿子胡作非为……你说她有没有可能对他造成伤害？

卡沃

上次见面她对我毫不让步。她很危险。你儿子对她来说是唾手可得的猎物。看得出来，她已经腐坏了他的思想。

（停顿片刻。）

埃勒维尔

你说她会不会让他丧失……（寻找合适的词语）……他的纯洁呢？

卡沃

很不幸,她会的。必须挽救这个男孩……如果有必要我会等一整夜……

埃勒维尔

我也会等的。

卡沃

他们会出现的……我们站在最佳角度的地方,可以同时监视这条街的两个入口……不过我肯定他们会从戈白林大街那头过来……

埃勒维尔

只有你能给他好影响。你是作家。

卡沃

我愿意给他精神支持而不是物质资助。就算让他饿死我也不会给他一分钱……你是他的母亲,你得让他承担起责任,你得强迫他赶紧找工作……至少他得支付你的房租……

埃勒维尔

我同意。

卡沃

这是挽救他的唯一方法。

埃勒维尔

我听到有人走来……

(卡沃从口袋掏出手电筒,打开,一束光扫过舞台前端。)

卡沃

没有人……一个也没有。

埃勒维尔

你肯定吗?

卡沃

我们应该再上她家……刚才我敲过门,按过门铃,还用脚踢了几下门……他们要是在家会开门的,他们也怕邻居抗议……不过也说不定他们在家……这回我得使上狠招……我要把锁撬开……

（他从口袋掏出一把多用途刀。）

埃勒维尔

你说得对。咱们得救我儿子。

（他们向舞台深处走去，卡沃用手电筒照路。让在手电筒射出的光束中现身。他表情平静，他的出现显得不真实，仿佛在梦中。）

（卡沃和埃勒维尔呆住了。让走近他们。）

让

多么奇异的相遇……我还以为你们早就去世了……

埃勒维尔（僵硬地，演戏般地）

我的孩子……我可怜的孩子……

让

你们还活着？你们在街上做什么？现在是凌晨两点。

埃勒维尔

我们来找你，我的孩子……我们想把你从那个可恶的姑娘手里拯救出来……

让（似乎不明白）

哪个可恶的姑娘？

埃勒维尔

你知道的啊……那个演契诃夫的姑娘……
（她想拥抱他。）
我的心头肉呀……
（但让轻轻推开她。）

卡沃（手里握着那把多用途刀）

不许推开你母亲，让。

让

我们这是在哪一年？我真的以为你们已经去世了……

卡沃

我们一直紧盯着你。你母亲是那么担心你……

让（目光在他俩之间游移）

看不出你们身上有什么生活的欢乐。

卡沃

你还指望我们有什么生活的欢乐?你母亲总在夜里惊醒,对我说:"让没指望啦,没指望啦……你得做点什么……"可我能做的全做了……你不听我劝告……也不听你母亲的……

让(和气地)

这么说,您还给过我劝告是吗?我已经忘了。

卡沃

多么忘恩负义啊……我努力提拔你……我要做你的导师……你还记得吗?

埃勒维尔

他给过你很好的劝告……他努力想让你避开入这门行当的各种困难……他是作家……

让

你们不觉得今年九月天气绝佳吗?这就是通常说的秋老虎天……我在巴黎街上散步……生活真美好……我很

快乐……

卡沃

真的？你很快乐吗？你运气好。

埃勒维尔

我太担心了……你没生病吧，我的孩子？

让

完全没有。

埃勒维尔

你肯定你没病吗？你对我们什么都能说，我的孩子。

卡沃

不要对我们掩盖真相。我们想帮你。我们准备好了面对最坏的情况，一直以来我们就是这么照顾你的。

让

没有那回事，放心吧……生活从未如此美好……

埃勒维尔

和我们说实话吧,我的孩子。你没生病吗?你真的快乐吗?

让

很快乐。也很富有。
(她看上去挺失望。)

埃勒维尔

要对父母好点。可怜天下父母心。那个姑娘呢?她还在演契诃夫吗?

让

不止契诃夫……自那以后,她还演过好些大作家的戏,季洛杜、缪塞、克洛代尔、皮兰德娄、莎士比亚、拉辛和萧伯纳……

埃勒维尔

别再说了!

卡沃

不许惹你母亲难过!

让(转向卡沃)

您始终不信任女人吗?

卡沃

你怎么敢问我这种愚蠢的问题?

让

您告诉过我,要远远躲开女人……

卡沃

这是为你好……这样你才会是完整的男孩……"纯洁暴躁的男孩",就像我在第一本诗集里写过的那样……

让

您对我说起过的那些斗牛士和舞蹈家,他们后来怎么样啦?

卡沃

我不知道。

（停顿片刻。埃勒维尔向让走过去。）

埃勒维尔

刚才你说你很富有……

让（耸耸肩）

我开玩笑的。

埃勒维尔

你不能帮我救个急吗？就下个月……往后我们再看……

卡沃

你母亲碰到很严重的困难……你还记得吧……我早就劝你去找份工作，替她付房租……我甚至建议你保个人身险让她当受益人……

让

当然……等等……我身上有钱……我还会再寄给你们

的。留个地址吧。

卡沃

邮局自取 23—212 号。

（他用大人物的姿势递给他一张像是名片的东西。

（让在口袋里翻找。他交给母亲一张钞票。她收进包里。）

埃勒维尔

我的好儿子……你不想让我们担心，可我敢肯定你很不快乐也很穷，而且那个姑娘也不再演契诃夫……我没弄错吧？我从没弄错过。

（让离开他们慢慢走远。他向他们张开双臂，随后消失在舞台深处的黑暗中。）

让（微笑地）

也许我们还会再见面……夜里这个时刻总能在巴黎街上遇见幽灵……他们再也不会让我害怕了……

（卡沃和埃勒维尔留在舞台上。他们的表情很不自在。）

卡沃（指着舞台前端）

对他们说点什么……求求你……对他们说点什么……

我试过一次……我想为他们朗诵我的处女作《回旋曲》里的诗句……可是行不通……他们不喜欢我们……你儿子讲了那么多我们的坏话……

（他把埃勒维尔推向舞台前端，让人感觉他躲在她身后。）

对他们说点什么……就算为我好……对他们说点什么，好让他们原谅我们……

（埃勒维尔走到舞台前沿，僵直地站住。）

埃勒维尔（断续地、无意识地）

我可怜的孩子……他……小时候……是那么善良……

（灯光渐渐变暗直至完全熄灭。

（半明半暗中，让的背影如开场般一动不动。）

让

我们第一次相遇是在什么时候？那天很晚了，就在白广场，药店前的那家咖啡馆……她一个人坐在我隔壁……我也是一个人……她告诉我："我在白街的剧院出演一个小角色……"晚上我去找她……我宁可不上楼去化妆室，生怕碰见那出戏的另一个演员……亨利·居索尔，我母亲的老相识……我小时候他就认识我……她在白街的剧院演戏时,我已经用手铐铐住放稿子的书包……亨利·居索尔看见了会很奇怪……(停顿片刻)那年秋天真美呵……在我看来那是绝不忧郁的季节……这样的季节往往标志着某种开始……我在剧院门前的人行道上等她,就在那条街尽头……有时候,我有种感觉,仿佛我们自那个秋天起沿着白街的坡路走啊走,一直走到时间的尽头……

(灯光重又渐渐亮起。多米尼克的化妆室。让站着。多米尼克坐在化妆台前。沙发改成床。凌乱的床单被子。)

多米尼克

都已经中午了。幸好今天排练比平常晚……

让

我们应该永远在这里过夜……要么干脆住下来……在这里分不清白天黑夜……完全与世隔绝……昨天夜里我梦见我母亲和卡沃……

多米尼克

可怜的让……

让

凌晨两点,他们守在瓦朗斯街等我们回去……他们甚至上楼去过你家……他们用脚踢你家的门……

多米尼克

真可怕……

让

我看见他们时感觉很轻松……他们变得不再伤人了……我在梦里知道他们早就死了……

多米尼克

死了?

让

我穿越了时间之流……就好像我突然陷入从前,与此同时我已经知道未来发生的事……我几乎要怜悯起我母亲和卡沃……他们像两个在从前时空里迷路的流浪者……

多米尼克

你应该把这些写进小说里……

让

不。这更像是一出戏剧……以后再说……很久以后……

多米尼克

也不要太久,如果你还想让我在戏中演我自己的话……不然我到时就太老了……

(停顿片刻。突然有人重重敲门,随即用力转动门把手。)

是谁?

(没人应答。敲门声越来越重。)

让

不要开门。

多米尼克

为什么?我没什么好躲的……

(她扭开化妆室的门锁。门开了,埃勒维尔出场……

她走进来，跌坐在沙发旁边的一把椅子上。）

埃勒维尔

我可怜的孩子们……

（但她似乎没有注意到眼前的两个人，她完全沉浸在自己的思绪中。）

我不知道还能不能在这出戏里继续演下去……

（她摇摇头，眼泪好似随时会掉下来。）

再说了，那个可怕的雅克琳娜·卡斯达尼亚克也在剧组里……我恨那个女人……我在《裸体敲鼓的人》那出戏里已经不得不忍受过她一回……

（让站在母亲身后，耸了耸肩，向多米尼克示意不要打断埃勒维尔让她说完。）

那个可怕的雅克琳娜·卡斯达尼亚克，她竟在幕间休息时接客，把化妆室当窑子……

多米尼克（胆怯地）

您想喝点什么吗，夫人？

埃勒维尔

别叫我夫人。

让

我认为你在雅克琳娜·卡斯达尼亚克的事情上完全搞错了。

埃勒维尔

闭嘴……（停顿片刻）还有可怜的克里斯坦·克劳德……他对导演那出戏完全没兴趣……他在排练时睡着了……还好是重演，我们今年夏天在维特尔娱乐场演过好几场……

多米尼克

您真的不想喝点什么吗？

埃勒维尔

不喝。可怜的克里斯坦·克劳德……我发现他变得全无脑子……他列了一份彩排演出的邀请名单……大多数被邀请人早就死了……

让

你肯定吗，妈妈？

埃勒维尔

当然肯定。比如名单上有亨利·贝尔斯坦……他十五年前就死了。

让（转向多米尼克）

可怜的克里斯坦·克劳德……

（埃勒维尔慢慢转身，第一次端详多米尼克。）

埃勒维尔（傲慢地）

这就是那个演契诃夫的小姑娘吗？

让

是的。

多米尼克

我们在街上碰见过。

埃勒维尔

我不记得了。

让

我跟你说起过她……你还问我萨维尔伯格为什么会用她……

埃勒维尔

没有……我从没这么问过你……（迷茫地,但始终傲慢地）契诃夫……我呵,我原本倒也想演契诃夫……

多米尼克（天真地）

那您为什么不演呢?

埃勒维尔

因为有人打消了我的念头。您运气很好……萨维尔伯格对您不错……这么快就给您这个角色……我像您这么大的时候,他们对我态度很糟……

让

妈妈,这不全是真的……

埃勒维尔

你知道什么？卡沃说过一句蛮有道理的话："我们俩会亲近起来，那是因为我们都是穷孩子。"

（停顿片刻。

（转向多米尼克：）

您呢？小姐，您也很穷吗？

多米尼克

我出生在布列塔尼的小渔村……

让

可是妈妈，无论如何，你还不至于那么穷吧？

多米尼克

对不起……我得打开喇叭才能听到排演什么时候开始。

（她打开喇叭。排演还没开始。传来一阵风吹叶子似的声响。）

埃勒维尔

我像您这么大的时候，有一次，我去一个戏剧导演的办公室里试演……他的喇叭也是发出这种排演前的声响……

（趁埃勒维尔不注意，让对多米尼克指了指手表。他叹着气，耸了耸肩，向她示意，他母亲恐怕会待在化妆室不走。）

那天晚上排演的不是契诃夫的戏，是季洛杜的戏……（迷茫地）季洛杜……我第一次到巴黎时，我在北方车站下火车，那时我做梦都想嫁给让·季洛杜……我的孩子，你本来应该是季洛杜的儿子……所以我才给你取名叫让……

让（疑惑地）

你从没告诉过我这些。

埃勒维尔（低头）

那个戏剧导演名叫雅克·赫伯尔托。高个子，秃头，五十来岁……当时办公室里还有他的一个朋友，一个受他栽培的人。那个年轻人比他还高，有一张伐木工的脸，名叫罗伯特·赫伯尔……赫伯尔和赫伯尔托……他们两个盯着我看……我突然怯场了……他们要我试演《安德洛玛克》剧中赫耳弥俄涅的一段独白……

（她像是在努力回想。随后，她开始念台词，很不熟练，漏掉不少字句。）

"我在哪里？……我还能做什么？……我遭遇着什么不幸？……我不知所措跑在王宫中……"

（她突然停住。她痛苦地弯腰。多米尼克向她走过去。）

多米尼克

不要难过，夫人……我帮您一起排练……

（她开始念那段台词，歪着头，声音澄澈。）

"我在哪里？我做了什么？我还要做什么？我遭遇了什么变故？我沦落进什么厄运？我漫无边际不知所措跑在这王宫里。啊呀！我竟不能知道我是在爱还是在恨吗？"

（在她念台词的时候，埃勒维尔慢慢坐直，目不转睛看着她。）

埃勒维尔

这对您来说再容易不过……您肯定上过戏剧学校……我很穷。我像您这么大的时候，我在安特卫普的向上剧场给《不，不，娜内特》跑龙套。

多米尼克

您错了,夫人。我没上过戏剧学校。我入行是在卡普西纳小剧场……就在那个可怜的克里斯坦·克劳德导演的一出戏里……那出戏名叫《小心我也有底线》……

埃勒维尔(像是没听见)

他们听我念那段台词……赫伯尔托和赫伯尔……赫伯尔托笔直地坐在办公桌的后面……赫伯尔站着,伐木工的脸上有一丝笑意……

(她弯腰。她似乎说不下去。)

从喇叭传出季洛杜那出戏的排演声响。我看出来,赫伯尔托和赫伯尔并没有真的在听我。他们在听季洛杜……我试演完后,他们沉默不语……然后,赫伯尔转身看赫伯尔托……你们猜赫伯尔托对我说了什么?

(她重新坐直,高高抬起下巴,像是在忍住泪水。)

他说:"小姐,我们会给您写信的……"他们根本没写信给我。

(停顿片刻。让和多米尼克目不转睛看着她。)

可是,如果我是让·季洛杜太太的话,你们说那两位先生还会用那样的态度对待我吗?

（停顿片刻。）

让

把这些全忘了吧……

埃勒维尔

怎么可能忘得掉？……我时不时还常想起来……当我在后台碰见那个可怕的雅克琳娜·卡斯塔尼亚克的时候……再不然，当我听说隔壁要上演契诃夫的时候……

多米尼克

请您到时来看演出，夫人。

埃勒维尔

您为什么总是叫我"夫人"？不，我不会来看的。（停顿片刻）你们两个似乎对卡沃不太友善……

多米尼克

他和我谈过话……我试着弄明白他想对我说什么。我没怎么明白。他认为我对让有很坏的影响……

埃勒维尔

哦……就像所有的女演员……

让

他咄咄逼人……他想向我口授我的小说……

埃勒维尔

就让他口授吧,我的孩子。
(她站起身。她低头。
(她似乎在做什么艰难的努力。)

我还没有全告诉你们呢……我从来没把这事告诉别人……(停顿片刻)几天后,在季洛杜的戏中出演两个天使之一的朋友托尼·塔芬告诉我……

(她深吸一口气,鼓起勇气。)

你们知道赫伯尔托是怎么说我的吗?他说……他说……"真不知道是谁找了这么个博尔曼小姐来试演的?"
(她瘫倒在椅子里。多米尼克惊讶地看着让。)

多米尼克(忐忑地)

谁是博尔曼小姐?

让

布鲁塞尔民间传说中的年轻姑娘……就像布列塔尼民间传说中的贝卡西娜……

（埃勒维尔抬起头。）

埃勒维尔（转向多米尼克，悲伤地）

那是因为我有一点北方口音……

（她站起身，像是准备离开，一只手放在多米尼克肩上。）

亲爱的……我想告诉你……一开始我根本没想到，有一天我会演像《周末愉快冈萨雷斯》这样的戏……我第一次到巴黎是战前几个月……我们有一个剧组，成员很年轻，名叫"玫瑰剧团"……当时在演米歇尔·德·盖德罗伊写的一出戏……《红魔法》……演出地点在一个画家工作室，位于龙森巷的不定期露天剧场……我努力记住当年那些同伴的名字……有雅克琳娜·哈尔贝……勒内·勒·约纳……萨蒂·德·高尔特……导演名叫让·米歇尔……我常常在想，不知他后来怎么样了……

（她挽着多米尼克，走到化妆室门口。）

当时巴黎一家报纸做过报道……我一直带在身上……

（她从上衣口袋掏出一张纸片。）

你听……（她开始读）"位于龙森巷的画家工作室，以玫瑰为信。每天晚上，一群年轻演员面对五个到五十个不等的观众，展示他们对戏剧的热爱和他们的才华。"

（她打开化妆室的门。她把那篇报道递给多米尼克。）

送给你，亲爱的。

（她走出门。）

（停顿片刻。）

让

我们再也不会见到她。

多米尼克

你真这么想吗？她来过一次，恐怕随时还会再走进我的化妆室……

让

我会请鲍勃·勒·塔皮亚锁死那道连着两家剧院的门……不过这是多此一举……今晚以后，我们再也不会看见他们，她和那个还俗的神父……这和我梦到的情形完全一致……我已知道未来发生的一切……

（灯光渐渐熄灭。

（随后亮起暗淡的光。

（让和多米尼克坐在舞台边缘的一条长凳上。他们身后一片漆黑。）

您完全记不得那出契诃夫的戏吗？

多米尼克

毫无印象，先生……我已经说过，您把我错认成别人。

让

请您再看看我……您对我没有任何印象吗？
（她转身，注视着他。）

多米尼克

没有。要么我可能很久以前和您擦身而过，但我早忘了。再说了，我的姓氏名字和您想到的人根本不一样。

让

我敢肯定，如果我再多说一点细节，您一定会重新想起来的……

多米尼克

那么我们是什么时候在哪里遇见的呢?

让

我生怕随着时光流逝我也忘了个中细节……(他像是在艰难地回忆某个细节)我介绍您认识过一个男人,您说他很像还俗的神父……

多米尼克

不,不……我肯定不会说这样的话。

让(犹豫地)

您还见过我的母亲,她当时在演《周末愉快冈萨雷斯》……

多米尼克

您的母亲?我很遗憾……我真希望我能记得您的母亲……

让（他看上去像是记忆变模糊，
　　　只能零星记得从前的事）

您当时住瓦朗斯街 9 号。

多米尼克

我头一次听说这个地址……那条街在哪里？

让

戈白林大街旁边……

多米尼克

我不认识那个街区。

让（犹豫地）

您在布列塔尼出生……但我记不起是哪个城市……

多米尼克

很遗憾，我不是布列塔尼人，先生。

（停顿片刻。）

让（似乎放弃回忆从前）

您在那家剧院排练吗？（他手指舞台深处）

多米尼克

在这里排练的好处是不必老待在化妆室。我们可以在剧院前的小广场透透气……甚至背背台词。

让

排的是哪出戏呢？

多米尼克

《阿拉斯的无名女人》……既然您在这儿，我想请您帮个忙……您能帮我练习这场戏吗？

（她递给他剧本，指给他页码。）

从这里开始。

让（读剧本）

闭嘴！先说清楚你为什么没等我？

无名女人

我不知道。

让

我到处找你,你究竟在哪里?

无名女人

我不知道。

让

别装傻。快回答我。我当时忘了问你的名字。你叫什么名字?

无名女人

您很清楚我们都不知道我叫什么名字。

让

可你自己是知道的……

无名女人

我是来自阿拉斯的无名女人。

(让转身,沉默地看她。

(她靠近他,接过他手中的剧本。)

多米尼克（突然地）

让……我不想惹你难过……刚才发生的事再寻常不过……我们经常这样梦见从前认识又失去音信的某个人……你梦见你和她坐在一条长凳上……你感觉她对你再也无话可说,她甚至认不出你……

(灯光渐渐熄灭又重新亮起。暗淡的光。让独自一人坐在长凳上。)

让

梦里可不像她说的那样……我们一起走在巴黎的不同地方……我们不说话,但我知道她认得我……我很肯定……我们沿着布洛涅公园的湖边走,我们甚至坐船到岛上的木屋餐厅……我们一句话也没说,这在梦里挺自然……醒来我才后悔不迭……下次我一定要问她,要让她回答……下次梦里我一定会的……不过,大多数时候我们总在喧哗的地方,连声音也被盖住了……经常是克利希大道,沿着冬季集市小屋……要么是圣拉扎尔车站,在"迷失的脚步"大厅……还有一天夜里,我们头一回在杜乐丽花园水边的露台上散步……我自童年以后再没去过那里……我们同样没法儿说话……塞纳河边车水马龙,就像是站在高速公路边。我看见她的嘴唇在动，但我听不见她在说什么……

（灯光渐渐熄灭。黑暗中只有手电筒射出的一束光。手电筒在多米尼克手上。让出现在那束光中。）

多米尼克
我以为找不到你了，让……

让
我也是……我停下来看街牌名……我搞不清楚我们在哪里……

多米尼克
他们提前断电，比预告的时间早……我在想是整个巴黎都这样，还是只有某些街区……

让
整个巴黎都断电了。

多米尼克
还好我带着手电筒。

（手电筒光照见前几场戏中的长凳。）

让

我们可以坐到长凳上等。

（他们坐下来。多米尼克把头靠在让的肩上。）

多米尼克

你能想象吗？万一我们在黑暗中找不到对方……

让

这是不可能的。

（他看了看手表。）

无论如何，他们说一小时内会来电。

多米尼克

我刚才真的很怕找不到你……我心里生出惧意，就好像三年前我到巴黎时那样，我在蒙帕纳斯车站下火车……我根本不知道怎么换地铁……我从白街地铁站出来……我手里拿着一张巴黎地图和鲍尔-泰隆夫人的戏剧课地址……我在附近亨利-莫尼埃街的一家旅馆过了第一夜……我感觉当时和现在一样漆黑……不过，我离开布列塔尼时没想过要带手电筒……

让

最好身上常备手电筒。

多米尼克

你呢？三年前你在做什么？

让

和现在一样。我经常在这个街区……白广场附近……靠近那个……（他记不住名字）什么夫人……

多米尼克

鲍尔-泰隆夫人……（停顿片刻）这么说，我们当时本有可能相遇。

（一束光打在多米尼克身上，让留在黑暗中，这给人一种印象，仿佛她独自一人坐在长凳上。）

要是有人能告诉我就好了，两个人的相遇究竟是出于何种偶然或者何种奇迹……（停顿片刻，好似在等待有人回答）我们住同一街区，过了几个月我才遇见他……也许我们早在街上擦身而过只是没注意对方？我们永远不会知道了……

（一片漆黑。一道微弱的光随后打在舞台前沿，其余部分仍在黑暗中。）

让（站在舞台前沿）

我不知道你们还记不记得……那年冬天巴黎断过几次电……她告诉我，白街剧院的舞台上点了蜡烛以防万一……有天晚上，我像平常那样在剧院对面的人行道上等她……用不着手电筒：整条街覆着一层磷光般的雪……让人以为是到了山上……或者不如说是到了真正的白街，那年冬天白街恰如其名……她走出剧院，攀住我的手臂……她告诉我，幕间休息时萨维尔伯格导演去了她的化妆室，他让她在下一季的戏目《海鸥》里出演妮娜……她想不明白……她只是个新人，只在重排的《椰子》中露过脸，萨维尔伯格竟拨冗去看她，给她机会演契诃夫的戏？我们沿着覆雪的白街往上走……就像走在梦里……我们走进第一次相遇的那家咖啡馆……我们坐在老地方……那天是星期六……克利希大道中间的林荫带还开着集市木屋和旋转木马……

（让讲到最后两句话时，远远传来一阵集市的音乐。随着灯光渐渐变暗，音乐也渐渐消失。灯光重又亮起。这次是极强的光，近乎耀眼的光。

（多米尼克的化妆室。

（让躺在沙发上。他在改稿子。喇叭传出契诃夫戏中的台词，犹如某种背景音。

（多米尼克走进化妆室，气喘吁吁。她穿着演出服。她坐在化妆台前。）

彩排进行得如何？

多米尼克

我不知道……我什么也不敢说……我很迷信……

让

根据我从喇叭听到的，一切再顺利不过……

多米尼克（不安地）

我不知道……逢到彩排的星期一总是不好说的，谁能知道呢？

让

萨维尔伯格呢？他怎么想的？

多米尼克

他笔直站在后台。他在小本子上做笔记。（像在自言自语）我慌极了……演到第四幕结尾时，我心里总是很慌……

让

用不着担心……萨维尔伯格相信你能演好……

多米尼克

那他今晚为什么一句话也不对我说呢？我演完第二幕还从他面前经过呢……和你的那场戏……不对，我是想说和特列普列夫的那场戏……他连一句鼓励我的话也没说。

让

他在跟踪整出戏的进度……他要考虑全局……你如果做错了什么，他会当场指出来的……

多米尼克

你真的这么觉得吗？

让

当然我是这么觉得……我还是有点经验的……我出

生在一个剧院的化妆室里……打小在那里玩弹珠……放学在那里做作业……我和你在剧院住了好些天……你根本不用担心……我听见你了……你把妮娜这个角色演得再好不过……（停顿片刻）我要试着记住今晚的日期……一九六六年九月十九日星期一……一场彩排的日期。我感觉这个日期标志着我们人生开始时……

（多米尼克走向喇叭，调高音量。）

多米尼克

我可不能错过上场时间……

（他们安静地听那出戏的台词。）

阿尔卡金娜

现在我们去吃点东西吧……我们的大作家今天还没有吃午饭。吃过晚饭再继续打牌……科斯佳，放下你的稿子，我们去吃饭吧。

特列普列夫

我不吃，妈妈，我不饿。

阿尔卡金娜

随你吧……彼得鲁沙，吃晚饭啦！我给您讲讲戏迷们怎么在哈尔科夫迎接我的……

多米尼克

好了，让，快轮到我了……我得过去了……抱抱我……

（他们拥抱。

（她打开化妆室的门，转身看让。）

萨维尔伯格邀请你今晚和大伙儿一块儿吃晚饭……在皇宫和大堂之间的那家餐厅，你知道的……让-雅克-卢梭街上的金穗餐厅……

（她关门的同时，灯光渐渐变暗直至完全熄灭。）

（黑暗中传来那出戏的最后几段台词。

（一阵枪声。）

阿尔卡金娜

这是怎么回事？

陀尔恩

没什么。大概是我的药箱里有什么瓶子炸了。不用担心……果然是这样。一个装乙醚的瓶子炸了……

阿尔卡金娜

我吓了一跳。这让我想起那一次……吓得我眼前一阵黑……

陀尔恩

说到两个月前的一篇文章……有封从美国寄来的信,我想趁机请教您……我对这个问题很感兴趣……您能带伊丽娜·尼古拉耶夫娜离开吗……实话跟你说,康斯坦丁·加甫里洛维奇开枪自杀了……

(始终一片漆黑。片刻的安静。掌声响起。观众在剧场里高呼:"萨维尔伯格!萨维尔伯格!"接着高呼:"皮托耶夫!皮托耶夫!乔治·皮托耶夫!乔治·皮托耶夫!"掌声渐渐停息。四下里恢复安静……黑暗中,一束手电筒的光打在舞台前沿让的身上。拿手电筒的是个上了年纪的人,他向让走过来,站在他旁边。)

鲍勃·勒·塔皮亚

我听见戏开场时您在黑暗中说话……您好像不太记得我的名字……我能理解……我们太久没见了……我就是罗伯特·勒·塔皮亚……您知道的……剧院总务……

让

是鲍勃吗?

鲍勃·勒·塔皮亚

是的,就是鲍勃。(停顿片刻)您一点没变……

让

不对,鲍勃,我变了。您只是看见了我在您记忆中的样子。我们当年差不多一样大……您还记得萨维尔伯格导演的那出契诃夫的戏吗?

鲍勃·勒·塔皮亚

当然记得。您的女朋友演妮娜……您刚才喃喃自问,她的化妆室在走廊右边的第一间还是第二间……在第一间。

让

瞧我这记性……

鲍勃·勒·塔皮亚

我猜您也许想再看一眼那个化妆室?

（让没说话。）

当然您想再看一眼……我带您过去。

（灯光重又渐渐亮起，远远不似之前那么天然的光，仿佛在梦中的暗淡的光。化妆室里空荡荡的，没有沙发、座椅和化妆台，看上去很久没人用过。只剩镜子。）

很快要装修……这里以后就不是化妆室了。

（让环顾四周。）

让

我原本还以为，剧院一点也不会变，时间会在这里停顿。

鲍勃·勒·塔皮亚

我先走了……您想找我就喊一声……

（他离开旧化妆室。

（让慢慢往前，走到舞台边缘。沉默片刻。）

让

那天晚上我们一起出剧院……她连妆也没卸……我们去金穗餐厅找萨维尔伯格和其他人。我们沿着那些林荫大道走过去……巴黎从来没有那么美那么友好过……路上几乎没车……我们大可以在歌剧院大街中央奔跑……路灯散发一种奇异的柔光，几近白光……我们简直弄不清楚是什么季节……是秋老虎还是小阳春？在金穗餐厅，我坐在萨维尔伯格左边，她坐在萨维尔伯格右边……他问我为什么手上铐着书包……她向他解释那里头有我的稿子，我担心丢了或有人不怀好意撕了……他说我是傻瓜，从此以后我再也不用担心什么了……她亲手替我解开了手铐……

（他席地坐在旧化妆室中央，仿佛多米尼克就在身旁。）

过了这么久，你还认得我吗？人总幻想自己的模样不变……你可知道巴黎变得厉害……我觉得我在巴黎找不到自在的地方，但我不敢对别人说……我只能和你说……日复一日，与孤独作战……但在某些街区，突然之间仿佛又回到从前……比如夜里很晚，在那家剧院附近……马杜兰街的拐角……有天夜里我从旁经过……街上轻轻吹起一阵风……我犹豫着要不要沿那条街走到剧院……我听见了，你的笑声在我身后响起。

存在的永恒沙漏不停转动

吴雅凌　文

诺贝尔奖三年后,我们等来莫迪亚诺的新作。小说《沉睡的记忆》和戏剧《我们人生开始时》于二〇一七年十月二十六日同时问世。按作者本人的话说,不是偶然。

一

一个男人遇见一个女人。

十九岁那年冬天,他们每天清晨在同一家咖啡馆约会。有一天她不告而别。六年后他们在第一次相遇的街上偶然重逢。一切和六年前仿佛没有两样,只除了她身边带着个小孩。关于从前生活的谜,她不说,他也没问起。他们只是沉默地走在同一条街上。

当我试图重述这段故事时，我发现它已经不是莫迪亚诺的故事。它可以是无数小说家笔下的故事，却不知何故欠缺所有读者在莫迪亚诺小说中感同身受的那种独特气息。做莫迪亚诺的读者（包括译者）起初是美的享受。进入他的文字，就像藏身在一个薄壳里，你与世界隔了一层，可以大口呼吸名曰"沉睡的记忆"的醉人空气。幸运的话，夜里还会做很多梦，让你醒来还执着的梦。可是一旦你徒然想要做点所谓的绎思，你会发现那个壳很脆很易碎，字里行间的悸动稍纵即逝，做梦般的空气消散了，梦也不做了。你甚至连重述其中一段故事也失败了。进退两难。让人愈发忍不住想问，是什么在成就一种独有的小说质感？

是小说里的细节吗？一九六四年。巴黎。一家也许叫绿吧的咖啡馆。一条位于大清真寺和植物园之间的小街……看不见的旧时巴黎的地名人名，犹如星辰在记忆的夜空散发幽光。莫迪亚诺的故事总也少不了确切的地点和时间。他甚至说过，他是看着老巴黎电话地址名录开始写小说的，那些陌生的人名、失效的街道门牌、无人应答的电话号码，让他心生写作的愿望。一如他援引过的曼德尔施塔姆的诗行："我还有从前的地址，我从中认出死者的声音"。在某些特定时候，小说中的人物随口杜撰的某个圣克卢郊区的虚假地址具有与现实世界近乎等同的真实分量。

"我所能掌握的只有具体细节和确切的地点时间。"①不妨再参照一点细节。故事里的两个人第一次相遇在一家专卖神秘学著作的书店。她对秘教感兴趣,而他对一切神秘的东西感兴趣。她带他去见某个女友。那人是传奇的灵修导师葛吉夫的弟子,她推荐他们阅读葛吉夫的早年传记《与奇人相遇》②,介绍他们认识灵修组织的其他成员,甚至把他们"牵扯进某种混乱境况"。似乎她后来不告而别与此有关。是的。从头到尾透着神秘气氛的一场相遇。

但也许更是小说没写出的东西?在我所了解的拥有克制美名的小说家中,莫迪亚诺绝对榜上有名。在诺贝尔奖演讲和几次访谈里,他反复说他改稿子的重点是删减,去掉重复提起的细节,删除某个多余的段落。他舍弃许多小说家执着的叙事细节。他说那会像电台里的干扰音让人听不见真正的音乐和话语。

故事里的女郎有什么个性特征?他们后来被牵扯进什么混乱境况?我们一概不知道,书中只字不提。就连她的

---

① 若无特别说明,文中的莫迪亚诺引文均出自两本新书《沉睡的记忆》和《我们人生开始时》。
② Georges Ivanovitch Gurdjieff, *Rencontres avec des hommes remarquables*, Jeanne Salzmann trad., Paris: Julliard, 1960.

名字也像一种留白。热纳维耶芙·达拉姆……我们还能模糊了解书中其他女子的年龄肤色若干细节。有一个嗓音清澈美好，另一个眼眸明亮。有一个在炎热的八月穿皮草大衣，另一个手提沉重无比的黑色箱子。但我们对热纳维耶芙·达拉姆的外貌个性一无所知。找来找去书里似乎只说了一点，她走路的样子漫不经心。这个印象在女友的话中得到印证：她仿佛"走在人生的边上"。

一个细节。必须是准确无误的细节，好比年龄肤色之类的身份标志。我们所知道的热纳维耶芙·达拉姆形影模糊，与此同时，我们感觉热纳维耶芙·达拉姆如此亲近。她像是在小说中散发独特气息的某个源头。她让人联想到一个"梦游者"，在生活中"远远观望"。她是莫迪亚诺笔下的同类人，是"另一个我，或自我的化身"。

一个男人遇见一个女人。无数小说家书写过或正在书写同一个故事。莫迪亚诺的故事似乎在说："成千个你的化身走到你在人生十字路口没有选中的成千条路上，而你，你却以为路只有一条。"

二

在理想的情况下，一种书写方式就是一种思想方式。

我尝试凭此了解莫迪亚诺的审慎笔法。我慢慢体味这个促发自我省思的过程。

重述莫迪亚诺的故事注定会是失败的。因为等你把必要的时间、地点、细节逐次添加进去,你发现你的重述很可能比小说本身更冗长。这是因为他总在打磨最准确的句子。极少形容语。并且如《家谱》(2005)中的自况,不用比喻。在《我们人生开始时》中,失意的中年作家徒然想要教导年轻的让如何写作,他擅自修改他的书稿,"加了太多形容词",并且使用坏趣味的比喻。年轻的让礼貌而坚定地反驳他:"可是我不要别人示范什么。"

他去除所有在他看来不必要的细枝末节,也包括最可动人的私密细节。在咖啡馆他挨着她坐靠墙的长椅。认识两周后他送她走回旅馆。这几乎是我们所能读到的最亲密的情节。他有意规避一切泄露情感的只言片语。他说过,不应该跟着小说人物走进房间。他还说过,隐私和秘密是人物的深度所在,是小说的重大主题。《暗店街》(1978)第三十七章那段让读者不安得快要发狂的分别场景只有一句:"我看着她,某种预感又一次刺痛我的心"。[①]这里也一样。六年后重逢有多少未说出口的话。故事的结尾,他

[①] Patrick Modiano, *Rue des boutiques obscures*, Gallimard, 1978, p.195. 中译本见莫迪亚诺,《暗店街》,王文融译,人民文学出版社,2017年,页206。

陪她和孩子走回家，临了只一句："我听到门重新关上，我感到一阵心疼。"

我们这里举例热纳维耶芙·达拉姆的故事。我们也可以举例其他故事。贯穿整部小说，寥寥几样可供纪念的物件全与个人无关。老式旅馆里的梨形开关和黑色窗帘，地铁站内的电子线路图，几本在读的书。还有那种慢吞吞的双门老电梯。细节不属于个人。细节属于某个时代，某个消逝的共同记忆。

一九六三年和一九六四年，旧世界在坍塌之前屏住最后一口气；当时还很年轻的我们还有几个月的光阴生活在旧世界的布景里。

如此审慎的笔法在时间的流水中不知经过多少次反复淘洗。这让人浮想联翩。书中特地记下小说家书写这段故事的日期：二〇一七年二月一日。相隔五十年的回望，一段爱情被还原出其所以刻骨铭心的本质——这样看来，小说家为人称道的"记忆术"更像文学本身的代名词，记忆是一种书写和思想的方式。小说家舍弃所有纷繁灿烂的私密细节，仿佛再微小的一丝贪恋也会阻碍秘密的夜行。作为小说主题和生命主题的秘密，我们几乎找不到另一种句法来替代莫迪亚诺对此种刻骨铭心的本质的陈述：

> 时间像是停顿了，我们的第一次相遇重复发生了，带着一丝变化：多了那孩子。我和她仿佛还会在同一条街上有其他次相遇，就像手表上的几根指针在每日的正午和子夜必定重合。在若弗鲁瓦-圣伊莱尔街的神秘学书店第一次遇见她的那个晚上，我买过一本书名深深打动我的书：《同一的永恒轮回》。

三

尼采在《快乐的知识》中做出一个名曰"最重的分量"的假设。

假设某个孤独的暗夜里，有个声音对你说话，你该怎么办？

> 你现在和过去的生活就是你未来的生活，它将周而复始不断重复绝无新意，你生活中的痛苦欢乐思想叹息，乃至一切大大小小无法言说的事情会在你身上重现并以同样的顺序降临……存在的永恒沙漏在不停

转动，你在沙漏中不过是一粒微尘。（第341条）①

很长时间里我想不明白，永恒轮回为什么会是致命的假设？轮回观毕竟在好些文明中古来有之。柏拉图对话中的苏格拉底甚至用轮回论证灵魂不死。为什么尼采像是在恐惧与战栗中发现了它，并且永恒轮回的想法一经生成就无从遁逃，就是生命中不能承受之重？

尼采说，那个夜里对你说话的声音名叫精灵（demon）。我们知道这是对苏格拉底的戏仿：不止一次，在生命的重要时刻，苏格拉底声称有一个神样的精灵对他说话。②这个精灵出现在第341条箴言不可能是偶然。因为，前一条"快乐的知识"的主角就是"死前的苏格拉底"（第340条）。

苏格拉底死前想必也有精灵临在，所以才留给世人最后一句话："我欠医神一只公鸡。"可笑又可怕的遗言呀，尼采近乎发狂般地说。苏格拉底承认他欠医神一次燔祭，这意味着苏格拉底承认他的人生是有病的。在所有爱苏格拉底的人眼里这是多么要命的事呵！苏格拉底不是深谙快

---

① Nietzsche, *Le gai savoir*, Paris, Flammarion, pp.278—281；尼采，《快乐的科学》，黄明嘉译，华东师范大学出版社，2007年，页316—319。
② 柏拉图，《申辩》31d，《斐德若》242b，《理想国》496c 等。

乐的知识没有常人缺点吗？苏格拉底的典范人生从始至终不是完满有如神样吗？我们欣欣然摒弃其他信仰，不就是因为相信苏格拉底身为哲人的完美吗？然而和耶稣一样苏格拉底到死还在经受存在的试炼。他的遗言与另一种经书传统的存在定律一样惊世骇俗："虚空的虚空，一切都是虚空！"

我慢慢领会，永恒轮回之所以是生命中最沉重的假设，与苏格拉底死前打破沉默这件事有关。那个夜里对你说话的精灵——不如就承认是魔鬼，是心魔，当你深爱苏格拉底时，那个心魔就是苏格拉底本人。依据永恒轮回的假设，我们已经被同一个拷问打倒过无穷次。要么瘫软在地怀恨在心甚至出口诅咒他，要么对他顶礼膜拜甘愿丧失自我。要么顺服要么虚无，此外莫非无路可走？生命的真相莫非是从十字架上的最后呼唤开始算起的那三天，"遍地都黑暗"，并且永远不会轮到复活的日子？哲学如果沦为一出悲剧，那么就是在这一刻，"悲剧开始了"（incipit tragoedia，第 342 条箴言标题）。

四

我没能查到《同一的永恒轮回》这本书的作者和出版

信息。莫迪亚诺在小说中反复提到的书是一本不存在的书吗？我很可能弄错了。说到底这不要紧。这就好像热纳维耶芙·达拉姆有意留给她哥哥一个不存在的旅馆住址，而"我"随后也照样子做了。那个随口杜撰的住址在小说世界引出让人难忘的一幕。一个挥之不去的念头。那年冬天很冷，热纳维耶芙·达拉姆的哥哥走在圣克卢郊区，寻找一条不存在的街道，"这样直到永远。"

六年后他们站在第一次相遇的那家书店前。他又一次想起那本书，或者那个让他反复思考的假设：

> 每翻过一页我都会问自己：要是我们经历过的同样那些时间地点情境能够重来一次就好了，我们会规避所有的错误障碍和空白时间，我们会过得比第一次好很多……这就像誊写一份涂改严重的稿子。

这一段虚拟时态的独白让人得以一窥小说家的方法和矛盾：一面拒斥所有绝对的观念，一面严肃投入并予以仿效解析。人生不能重来一次，小说能重来吗？这就像一遍遍讲述一个男人遇见一个女人的故事。这就像一次次誊写稿子，每一次都允许涂改严重。文学虚拟的永恒轮回取代哲学拷问的永恒轮回。是从这里生出文学的慰藉吧。尤其是你被尼采式的苏格拉底问题打倒在地,你会为这片刻的喘息心存感激。与此同时最好和小说家一样心知肚明,小说中的永恒现在只是虚拟。莫迪亚诺的小说以一种貌似随意的方式面对永恒轮回的拷问,几乎不会让人联想到灵魂暗夜中的挣扎。好比辛波斯卡对文学的定义,它惴惴不安,因为"借用了庄严的词语,又竭尽全力让它们变得轻盈"。

有几回在电台里听见接受采访的莫迪亚诺,他像个失语者,总在艰难地寻找正确的词语,磕磕绊绊,几乎说不出一个完整的句子,也似乎回答不了外在视野的任何发问。他像他小说中的梦游者,不时从口中迸出若干字句,支离破碎的,却总有发人深思的分量。亲身见证小说家的言说困境,你有可能更好地理解何谓一种看似浑然天成的书写。小说家在小说中迈着"轻盈柔韧"的舞步,那种舞步名曰"走在人生的边上",步步暗藏不动声色的天人交战。

作为小说,《沉睡的记忆》的样子委实古怪。没有可作主线的故事情节。只有一次次在时间之流中的相遇。热纳维耶芙·达拉姆的故事,还有别的好些故事。前一次相遇与后一次相遇无关。甚至把其他书里的故事嵌入其中也毫不违碍。比如《我们人生开始时》。二十岁那年秋天,他们在白广场的一家咖啡馆第一次相遇。

  两个人的相遇究竟是出于何种偶然或者何种奇迹？我们住同一街区，过了几个月我才遇见他。也许我们早在街上擦肩而过只是没注意对方？我们永远不会知道了……

  他们相遇，他们又分开。如是循环往复。所有记忆中难以释怀的人和事，所有被小心记录的地点和时间，归根到底与小说家在巴黎大街小巷与陌生人擦肩而过没有本质的差别。

  我经常在相隔很远的不同街区与同一个人擦肩而过，仿佛命运或偶然坚持要我们互相认识似的。每次我都后悔没有和那人说话就走了过去。十字路口有几条路，我错过了其中一条有可能是正确的路。为了宽慰自己，我在笔记本里一丝不苟地记下这些没有下文的相遇，具体到确切地点和这些陌生人的外表。巴黎就这样布满星辰般的神经痛点，布满我们的生活本有可能呈现的纷繁样貌。

每一次擦身而过都是人生的一个十字路口。在永恒轮回的假设前，小说家重复讲同一个相遇的故事。十四岁那年冬天，星期六下午他站在斯彭蒂尼街上等她。二十岁那年秋天，每天晚上他站在白街剧院门前等她。二十五年后的夏天，每个午后他站在塞鲁里埃大道等她。她叫"斯蒂奥帕的女儿"或多米尼克。他也许是忘了她的名字，也许是有意不说出来。他们也许相遇了，也许从未谋面。

对我来说一切都没变。那年夏天我守在一栋大楼前，宛如二十五年前的那个冬天我在马路边等斯蒂奥帕的女儿。如果有人问我："这么做究竟是为什么？"我想我大概会老实回答："为了尝试认识巴黎的奥秘。"

"巴黎的奥秘"（les mystères de Paris）一度是欧仁·苏的小说名。"我们人生开始时"（Nos débuts dans la vie）让人想到巴尔扎克的小说《人生的开始》（*Un début dans la vie*，或译"入世之初"）。《沉睡的记忆》援引某个十八世纪作家的自况：夜间看客（spectateur nocturne）。那是八卷本的《巴黎的夜》①的副标题，雷斯提夫在书中实时记录大革命期间的巴黎深夜见闻。我们还可以继续举例。诸如波德莱尔和奈瓦尔，或者普鲁斯特和季洛杜。"一切与巴黎的奥秘有关的东西总是让我极其好奇也特别着迷。"莫迪亚诺的小说安顿在某种文学传统中。几百年间，名曰巴黎的现代城市神话在文学的沙漏中不停转动。

五

所有莫迪亚诺的书是同一本小说。一部未完成作品。一张不断拼补总有缺失的拼图。

他说过：

> 我试着整理我的记忆，每份记忆就如一块拼图，因为缺太多，大多数拼图是孤立的。偶尔有三四块重新拼在一起，但不可能更多。

他还说过，他在遗忘中写下一本又一本小说，新写的书抹去被忘却的旧书，以至于同样的脸孔人名地点同样的

---

① Restif de La Bretonne, *Les Nuits de Paris ou le Spectateur nocturne*, Paris, 1788—1794.

句子一再出现循环往复。

在《夜半撞车》(2003)中,热纳维耶芙·达拉姆已然不经意地出现过,她和小说中的叙事者一起坐公车去歌剧院,随后他眼看着她消失在人海中。新书中还有若干人物在过往小说登过场,好比失落的拼图在多年后重新找到,又或是有意忘却的记忆再次袭来。米莱依·乌鲁索夫在《家谱》出现过,玛德莱娜·佩洛在《陌生女人》(1999)出现过,但不叫玛德莱娜而叫热纳维耶芙·佩洛,犹如记忆停摆的某种见证。[1]

两本新书有同一个主角,某个名叫"让"的年轻人。两本新书也有同一个叙事者,五十年后追忆似水年华的让。《沉睡的记忆》借一份警察局卷宗给出更多细节:Jean D,出生日期一九四五年七月二十五日,出生地布洛涅比扬古。这个小说中的让不是头一回出现,早在《八月星期天》(1986),还有晚近的《地平线》(2010)或《夜之草》(2012),某个名叫"让"的叙事者形影不散。这个小说中的让一如既往让人想到小说家本人。因为莫迪亚诺姓名全称Jean Patrick Modiano,自传体小说《家谱》开卷就说:"我于一九四五年七月三十日出生在布洛涅比扬

---

[1] 关于莫迪亚诺不同作品中的互文情况,随文举例,不刻意求全。

古。"就连《我们人生开始时》的女主人公多米尼克也与小说家现实生活中的妻子同名。确切的时间地点人名,加上出生相隔五天的时差,种种看来是有意为之的小说手法:"这样一来就分不清它们究竟真实发生还是属于梦的领域。"

《暗店街》中的主人公探寻身世之谜,从某个名叫斯蒂奥帕·德·扎戈里耶夫的俄国人开始最初的线索。不是偶然吧。将近四十年后,《沉睡的记忆》从某个神秘的"斯蒂奥帕的女儿"说起。那年他十四岁,斯蒂奥帕是父亲的朋友,他们有时去布洛涅森林散步。

> 我想见她,因为我希望她能给我一些解释,也许她会帮助我更好地认识我父亲,那个沿着布洛涅森林小径静静走在我身旁的陌生人。

他们通过一次电话,她让他下星期再打来,"但下星期以及那年冬天的其他星期,电话打过去再也没人接"。斯蒂奥帕的女儿没有出现就消失了,一起消失的是斯蒂奥帕和父亲。

> 到了春天,我们不再和斯蒂奥帕一起去布洛涅森

林散步。我也从此不再和父亲一起散步。

第二段故事从父亲转到母亲。那年他十七岁,还在念中学。他和母亲的女友同住母亲离开后的孔蒂河滨路的公寓。她像母亲未曾做过的那样陪伴他,到后来他甚至不想回学校而想跟她一起走。与米莱依·乌鲁索夫朝夕相处的日子影射母亲不在场的少时岁月。在《我们人生开始时》中,年轻的让说起母亲:

> 从十一岁到十八岁,我总共见过她两三回,每次不超过一小时。她很容易厌烦。

莫迪亚诺说过,他过了很多年才发现他的童年是个谜。战后的特殊年代,父母不在身旁,他在陌生人中长大。关于人生起点的纷乱记忆成了小说的雏形。写作和想象是解开生命之谜的一把钥匙。每一次书写都在从头说起,大到一本小说,小至某种生命感觉:

> 它形影相随,我却无从说出确切的由来。有一天我直觉地感到那由来始于我出生以前……

《沉睡的记忆》的开篇和收场各有一本与时间相关的书，从瑞士作家阿勒达的纪实作品《相遇时节》，到比利时作家库维尔的小说《罗马时间》，遥相呼应。①此外各有一条别具深意的路线，形成某种时空坐标上的循环往复。

"十四岁左右，我习惯一个人在街上走。"一开始只敢走固定几条街。那是他有生以来在巴黎行走的第一条路线。皮嘉尔街区。不是偶然吧。《我们人生开始时》的故事也发生在同一街区。作为呼应，小说结尾处颇不寻常地出现一条从巴黎出发的路线。目的地是起源于中世纪的宇瑟城堡。在十七世纪作家佩罗的童话里，这个位于森林与河谷之间的神秘所在又称睡美人城堡。将近六十年过去了，出发的路线比从前复杂许多，而他和当年一样生怕迷路。

如此心思缜密的环形结构不只见于一本小书。所有莫迪亚诺的书连接呈现出循环往复的叙事样貌。最后的路线不仅呼应人生中最初的路线，还隐约指向小说家的文学生涯起点。在一篇名为《破门闯入睡美人城堡》(2012)的短文中，莫迪亚诺追述他在二十三岁写下第一本小说《星形广场》(1968)的经过。那一年正逢五月风暴，拉丁区的街头不时传出燃烧瓶的引爆声响，他在世事喧嚣中走进

---

① Georges Haldas, *Le temps des rencontres*, Éditions L'Âge d'homme, 2001; Alexis Curvers, *Tempo di Roma*, Paris, Robert Laffont, 1957.

文学世界,"犹如破门闯入睡美人的城堡"。①

六

"已有的事后必再有,已行的事后必再行,日光之下并无新事。"②

半明半暗之中,不知过了多少年。他一个人回到皮嘉尔街区,走进白街的那家剧院,深入迷宫般的后台,寻找一间名曰"我们人生开始时"的化妆室。沉睡的记忆慢慢浮出水面。二十岁那年秋天,他们住在剧院的化妆室。他开始写小说,她开始排演契诃夫的《海鸥》。他在那间化妆室里说过一句话:

> 我要试着记住今晚的日期……一九六六年九月十九日星期一……一场彩排的日期。我感觉这个日期标志着我们人生开始时……

从头到尾省略号几乎取代句号。断断续续的句子似在

---

① Modiano, "Entrer par effraction dans le château de la Belle au Bois dormant", in Maryline Heck et Raphaëlle Guidée (dir.), *Modiano*, *Cahiers de l'Herne n° 98*, Paris, 2012.
② 传道书, 1: 19。

模拟艰难行进的记忆。

"我们人生开始时",宛如一个未解的心结。《沉睡的记忆》说起过。《消逝的街区》(1985)、《小首饰》(2001)或《青春咖啡馆》(2007)等以往小说反复说起过。这个说法最终成为一出戏剧的标题。体裁的一丝变化是让人在意的。莫迪亚诺鲜有戏剧作品问世。①

戏中在排演另一出戏。《海鸥》是契诃夫写于一八九六年的四幕喜剧。剧中有一对母子,母亲是名演员,儿子想成为作家。母亲有个情人是名作家,儿子有个意中人叫妮娜。有一天,名作家看到妮娜手中被打死的海鸥,心生写小说的灵感:

> 有个年轻姑娘从小住在湖边,她像爱海鸥那样爱那个湖,也像海鸥那样幸福自由。可是偶然来了一个男人看见她,闲着没事就把她毁了,仿佛她是海鸥似的……

他不仅写出小说,现实生活中他也这么做了。妮娜和他私奔随后又被他抛弃。终场时,那个幻灭的年轻人开枪

---

① 莫迪亚诺早年写过两部戏剧:《波尔卡舞》(1974年)和《金发妞》(1983年)。

自杀。

《海鸥》本是典型的戏中戏。莫迪亚诺进一步探照戏剧时空的多次元可能。不但戏中在排演一出戏，而且戏中人物与《海鸥》中的人物颇有相似之处。扮演妮娜的多米尼克和妮娜一样热爱舞台，年轻的让想成为作家，让的母亲是演员，母亲的情人也是作家。戏中人物来回穿梭在现实与舞台之间，不同版本的《海鸥》故事循环上演。各种戏剧时间在舞台灯光变化中交错，时而是排演中的一九六六年秋天，时而是多年后的回望，某些场景甚至没有时间坐标，活像戏中人物的梦……

诚然剧中的母亲不是成功的演员，她在隔壁剧院出演不入流的通俗喜剧，一出由作者生造的《周末愉快冈萨雷斯》。剧中的继父不是真正的作家，他自视是让的文学导师，给出的教诲全是陈词滥调。年轻的让用手铐把自己和书稿铐在一起，生怕被继父拿走撕碎。两代人的艰难关系让人想到莫迪亚诺过往小说里的情节。《我们人生开始时》自况为"某个乏味可悲的《海鸥》版本"。我们有必要从作者的自谦中察觉某种在别处的深意。

在这出戏中，莫迪亚诺解释了"让"这个名字的另一种传承来源。失意的中年作家徒然想要塑造让-保尔·萨特这个出自现代哲学系统的作家典范，不料遭到年轻的让奚落。相形之下，二十世纪戏剧诗人让·季洛杜（Jean Giraudoux）代表拉辛以降的法语戏剧传统，其文学渊源甚至可以追溯到更古远。母亲对年轻的让和多米尼克说出一番含泪的话。那是失意的一代演员的心声，如同给未来演员和未来作家的留言。

> 我第一次到巴黎时，我在北方车站下火车，那时我做梦都想嫁给让·季洛杜……我的孩子，你本来应该是季洛杜的儿子……所以我才给你取名叫让。

《我们人生开始时》是一部关于戏剧的戏剧。让是剧院的孩子："出生在剧院的化妆室里，打小在那里玩弹珠，放学在那里做作业。"多米尼克只有在舞台上才能畅快呼吸。她对拉辛的戏剧烂熟于心，还替让的母亲念出《安德洛玛克》中的一段经典台词。他们对剧院有天然的归依感：

> 剧院就是剧院……上演的戏目可以花样百出，但后台是老样子，化妆室是老样子，发旧的红天鹅绒布景是老样子，上台前的紧张也是老样子……

他们在深夜的舞台想象剧院自开张以来上演过的各种声音扑面而来:"从前的观众会回来看从前上演的戏……有点儿像永恒轮回。"一旦跳脱剧中人物之间的私密关系,最根本的主题呼之欲出:剧场的秘密,或戏剧的永恒轮回。

"我原本还以为,剧院一点也不会变,时间会在这里停顿。"多年后,让重新找到那间化妆室,他被告知剧院很快要装修,"这里以后就不是化妆室了"。作为文学世界的某种缩影,剧院给人永恒现在的幻觉。这就和巴黎的奥秘一样,不是吗?剧中的让席地坐在那间即将消失的化妆室中央,对记忆中的多米尼克怅然说道:

> 你可知道巴黎变得厉害……我总觉得我在巴黎找不到自在的地方,但我不敢对别人说……我只能和你说……日复一日,与孤独作战……

七

在契诃夫的《海鸥》中,幻灭的年轻人自杀前和妮娜有一段重要对话。多米尼克和让一起练习这场戏。一开始她对他说,那是"最后那场戏,咱们的戏"。

妮娜：现在我才知道，才明白在我们的事业中，演戏也好写作也好，要紧的不是名望，不是光荣，不是我一度梦想的那些东西，而是学会承受……学会背负自己的十字架并且有信心。我现在就有信心，我不是那么难过了。一想到我的使命，我就不害怕生活了。

特列普列夫：您找到了您的路，您知道要往何处去，可是我仍在梦想和形象的混沌世界里漂泊，不知道我为什么写作又有谁需要我写的东西。我没有信心，也不知道我的使命是什么。[1]

以契诃夫为例的文学对话遥遥呼应哲学式的拷问。在尼采的哲学表述里，面对永恒轮回的存在困境，世人要么顺服神意（如妮娜般有信心），要么遁入虚无（如特列普列夫般没有信心）。或此或彼。"你是否还要这样，并且（在无穷次的拷问中）一直这样？这是人人必须回答的问题。"[2]

---

[1] 契诃夫，《海鸥》，收入《契诃夫文集》，汝龙译，第十二卷，上海译文出版社，1997年，页192。

[2] Nietzsche, *Le gai savoir*, p.279；尼采，《快乐的科学》，页317。

作为某种回答，尼采安排扎拉图斯特拉下山了。《快乐的知识》第342条箴言从而也是《扎拉图斯特拉如是说》的开场白。"我永远回到这相似和同一个生活，无论是在最伟大之处和最渺小之处全都雷同。"存在的困境是同一个。同一的永恒循环中如何可能出现新人？扎拉图斯特拉作为永恒轮回的教师却要向人类宣讲超人。扎拉图斯特拉注定要为这样的矛盾付出代价，"因这言辞粉身碎骨"，"作为宣告者走向毁灭"。[①] 这是哲学样式的悲剧。生活不在理想国。追求完美道德的政治行为没有幸福的结局。"悲剧开始了"：扎拉图斯特拉的下山（沉落）开始了。

莫迪亚诺的书写隐约指向同一个存在困境。我们所有读者感同身受的那种独有的小说质感很可能就是从中生成的吧。同一个海鸥的故事，是否还要这样并且一直这样？每一次演绎执意做独一无二的存在经验是否可能？年轻的让反复说，"那场戏"不是他和多米尼克的戏，他不是幻灭的年轻人，他不会自杀。他对她说："我对未来有信心。"在彩排成功的当夜，她亲手替他解开了手铐。只是，时间的手铐也能解开吗？戏中时而年轻时而不年轻的让

---

① 尼采，《扎拉图斯特拉如是说》，黄明嘉、娄林译，华东师范大学出版社，2009年，页363—364。

"穿越时间之流",记忆中的他不断记忆起才做的梦:

> 就好像我突然沉浸在从前,与此同时我已经知道未来发生的事。

剧院迷宫的戏中戏,也是时间迷宫的戏中戏。这就像清理海报栏,"撕下一张旧海报,底下还有一张,再撕底下还有……"那些旧海报里总有一张是《海鸥》,那家剧院很久以前上演过同一出戏。多年后让重新走进后台时,那家剧院也许又在上演同一出戏。

是否还要这样并且一直这样?同一的永恒循环中如何可能出现一丝变化?无论最伟大之处还是最渺小之处的一道缝隙?我慢慢明白,如此拷问的分量不在于对一本书甚或所有书发问,而在于对书写者及其书写本身发问。我想到热纳维耶芙·达拉姆的故事。六年后的重逢确有"一丝变化:多了那个孩子"。那孩子一直站在笼子前看一头豹。稍后,那孩子也这么看小说中的"我"。在孩子眼里,那头豹(小说家本身?小说本身?)在笼子里转着永恒的圈。

文学想象有一道缝隙。文学评论有时称作小说中的迷宫。在别处的定义里,那道缝隙叫做洞穴。文学的慰藉在于缝隙中得以对"一种心酸沉重的新知"语焉不详。在

"沉睡的记忆"尽头,小说家重新出发去寻访睡美人城堡。那条路他依稀走过。几个月来他不停在查老地图,那条路在他心里越来越有数。

——只是,这真的是正确的路吗?

我想象这是小说家以一生书写道路之名发出的疑问。我凭此理解某种堪称"最重的分量"的文学假设。